FIELD

Red Wood
Palace

Elderberry
Lodge

FIELD

Laundry

Mill

Dairy

Buttercup
meadow

Willow bitus.

The Voles Holes

when the
wedding party
ends day

THE
PRIMROSE WOOD

높은 산의 모험

질 바클렘 글·그림 | 강경혜 옮김

마루벌

질 바클렘(Jill Barklem)은 영국에서 태어나 세인트 마틴 미술 학교에서 일러스트레이션을 공부했다.
바클렘은 자신이 태어난 에핑 숲을 모델로 이상의 세계, 찔레꽃울타리를 만들었다.
구성하는 데 총 8년이 걸린 찔레꽃울타리 시리즈는 뛰어난 작품성으로 전 세계에서 인정받고 있다.

높은 산의 모험

질 바클렘 글·그림 | 강경혜 옮김

1판 1쇄 펴낸 날 | 2005년 12월 7일
2판 1쇄 펴낸 날 | 2024년 7월 30일

펴낸이 | 장영재 **펴낸곳** | 마루벌 **등록** | 2004년 4월 1일(제2004-000083호)
주소 | 서울시 마포구 성미산로32길 12, 2층 (우 03983) **전화** | 02)3141-4421
팩스 | 0505-333-4428 **홈페이지** | www.marubol.co.kr

Brambly Hedge : The High Hills
Text and Illustrations Copyright ⓒ 1986 by Jill Barklem
First Published by HarperCollins Publishers Ltd., London, UK. All rights reserved
Korean Translation Copyright ⓒ 2005 by Marubol Publications
Korean edition is published by arrangement with HarperCollins Publishers through KCC.

KC인증 정보 품명 아동도서 **사용연령** 6세~초등 저학년 **제조년월일** 2024년 7월 30일 **제조국** 대한민국
연락처 02)3141-4421 서울시 마포구 성미산로32길 12, 2층 **주의사항** 종이에 베이거나 긁히지 않도록 조심
하세요. 책 모서리가 날카로우니 던지거나 떨어뜨리지 마세요.

찔레꽃울타리 마을

시냇물 건너 들판 저 너머 가시덤불이 빽빽이 뒤엉켜
자라고 있는 곳, 찔레꽃울타리 마을에 아주 오래 전부터
들쥐들이 나무줄기나 뿌리 사이 굴에서 살고 있습니다.

사과 할머니

사과 할아버지

생활에 필요한 모든 것을 자연에서 얻고 자연과 더불어
살아가는 찔레꽃울타리 마을의 들쥐들은 부지런히 일하며
삽니다. 날씨가 좋을 때면 덤불과 주변 들판에서 꽃,
열매, 과일, 견과를 모아 말리고
맛있는 잼과 절임을 만들어
다가올 추운 겨울을 위해 창고에
잘 간직해 둡니다.

마타리 씨와
마타리 부인

앵초

들쥐들은 열심히 일하면서 즐겁게 노는 것도 잊지
않습니다. 일년 내내 생일이나 결혼식, 겨울 축제
같은 행사로 서로 축하해 주며
다정하게 지냅니다. 기쁜 일만 함께하는 것이 아니라
이웃에게 어려운 일이 생기면 힘을 모아 돕습니다.

머위

늦가을의 어느 날이었습니다. 날씨는 축축하고 싸늘했습니다.

머위는 한나절 내내 옷감 짜는 오두막집에서 지냈습니다.

삐그덕 빼그덕 삐익 위잉!

돌쩌귀 아저씨와 은방울 아주머니는 열심히 물레를 돌리고 있었습니다.

"빨리 끝내야 사과 할아버지와 한 약속을 지킬 텐데."

돌쩌귀 아저씨가 말했습니다.

"뭘 만드시는데요?"

머위가 물었습니다.

"담요란다."

아주머니가 물레를 돌리면서 대답했습니다.

"누구에게 줄 건데요?"

"높은 산에 사는 산쥐 가족에게 줄 거란다. 담요가 좀이 슬어 모두
못 쓰게 되었다는구나. 곧 추워질 텐데, 겨울 식량 준비하느라 바빠서
새로 만들 시간이 없대요. 그러니 좀 도와주어야지."

아저씨가 대답했습니다.

"저도 도울까요?"

"고맙지만 괜찮다. 넌 책이나 읽으렴."

책장 위 선반에는 옷감 짜기와 물들이기에 관한 책들이 빽빽이 꽂혀
있었습니다. 머위는 '찔레꽃울타리 마을의 용감한 탐험가들'이라는
두꺼운 책을 찾아냈습니다.
그리고 편하게 자리를 잡고 앉아 책을 읽기 시작했습니다.

"천남성 왕자는 높은 산에 오르기로 결심했습니다. 산꼭대기에 금이
있다고 믿었기 때문이었습니다. 왕자는 위험한 탐험에 꼭 필요한 것을
챙겨서 배낭을 꾸리고는 늠름하게 혼자 길을 떠났습니다."
머위는 이야기에 푹 빠져들었습니다. 물레 돌아가는 소리는 독수리
날개짓 소리처럼 들렸고, 베틀 덜그럭거리는 소리는 산에서 돌이 굴러
떨어지는 소리처럼 들렸습니다. 창에 부딪히는 빗방울은 누구의 발길도
닿은 적이 없는 동굴 깊숙한 곳에서 빛나는 보석처럼 보였습니다.
'찔레꽃울타리 마을 너머 저 높은 산에 정말 금이 있을까?'
머위의 호기심은 점점 커졌습니다.

갑자기 문이 쾅 닫히는 소리가 들렸습니다. 머위 엄마가 머위를 데리러
온 것이었습니다.

"우리 머위가 얌전히 있었나요?"

엄마가 돌쩌귀 아저씨와 은방울 아주머니에게 인사를 했습니다.

아주머니가 정답게 대답했습니다.

"그럼요. 얼마나 점잖은지 있는 것 같지도 않았어요. 내일 또 보내세요."

다음 날 아침 머위는 다시 돌쩌귀 아저씨네 오두막집으로 갔습니다.

아저씨와 아주머니는 벌써 바쁘게 일을 하고 있었습니다.

머위는 창가에 앉아 천남성 왕자가 금을 찾아 떠나는 모험 이야기를

마저 읽었습니다.

머위가 책에 빠져 있는 동안 어느덧 오후가 되어 사과 할아버지가

머위를 데리러 왔습니다. 아저씨와 아주머니는 담요를 거의 다 짰습니다.

"노란색 물이 잘 안 들었어요. 곰취 할아버지께서 주신 물감이

다 떨어져서 다른 물감으로 했더니 빛깔이 제대로 안 나오네요."

돌쩌귀 아저씨가 걱정스런 목소리로 말했습니다.

"괜찮아요. 따뜻하기만 하면 되니까. 내일 산에 갖다 줍시다."

사과 할아버지가 말했습니다.

"산이요? 높은 산에 가실 거예요?"

머위는 귀가 솔깃해졌습니다.

"그렇단다. 왜 그러니?"

사과 할아버지가 머위를 내려다보았습니다.

"따라가도 돼요? 저도 데리고 가 주세요, 네?"

"너무 먼 곳이라서 안 돼. 하룻밤을 자고 와야 한단다."

사과 할아버지가 고개를 저었습니다.

"말 잘 들을게요."

머위는 할아버지에게 매달렸습니다.

"그럼 네 어머니께 말씀드려 보자. 이제 그만 집에 갈까?"

사과 할아버지가 말했습니다.

"맑은 공기를 쐬는 것도 좋을 거야."

놀랍게도 엄마가 쉽게 허락했습니다.

머위는 쏜살같이 이 층으로 뛰어 올라가서 짐을 챙기기 시작했습니다.

이미 머위는 무엇을 가지고 가야 할지 알고 있었습니다. 천남성 왕자

이야기에서 읽었으니까요. 밧줄, 호루라기, 비상식량, 성냥갑, 냄비,

깔개, 담요, 숟가락, 물통, 구급약…….

"참, 금을 담을 자루도 필요하지."

머위가 짐을 챙기면서 중얼거렸습니다.

머위는 저녁을 먹고 일찍 잠자리에 들었습니다. 높은 산까지는 아주

먼 길이라서, 해지기 전에 산쥐들이 사는 굴에 도착하려면 아침 일찍

출발해야 했습니다.

날이 밝을 무렵, 돌쩌귀 아저씨, 은방울 아주머니, 사과 할아버지가
머위를 깨우러 왔습니다. 모두 옷감과 담요로 가득 찬 배낭을 메고
있었습니다. 그 안에는 사과 할머니가 산쥐들에게 보내는 곶감, 장아찌,
떡도 들어 있었습니다. 머위도 배낭을 메고 계단을 뛰어 내려왔습니다.
"머위야, 배낭 안에 뭘 그렇게 넣었니?"
돌쩌귀 아저씨가 물었습니다.
"꼭 필요한 물건들이에요."
"냄비는 안 가져가도 돼. 내가 김밥을 싸 왔단다."
은방울 아주머니가 말했습니다.
"그래도 가져가야 해요. 이것들이 없으면 금을 못 찾아요."
머위가 작은 목소리로 말했습니다.
"그럼 그건 네가 지고 가거라. 들어 달라고 하면 안 된다."
사과 할아버지가 말했습니다.

처음에는 힘들지 않았습니다.

네 마리 들쥐는 돌능금나무 집, 저장 그루터기, 떡갈나무 성을 지나
찔레꽃울타리를 넘어갔습니다. 그리고 은방울 아주머니네 오두막집을
돌아서 개울에 놓인 징검다리를 조심조심 건넜습니다. 앞을 바라보니
노란 미나리아재비꽃 들판이 보였습니다.

머위는 긴 풀을 헤치고 성큼성큼 걸어가면서 가끔씩 멀리 보이는
산봉우리를 바라보았습니다. 파란 종꽃이 피어 있는 숲 너머로 길이
점점 험해지는 것이 보였습니다.

"힘들지? 우리 꼬마 탐험가. 잠깐 쉬면서 점심 먹을까?"

"네."

머위는 할아버지 말에 반갑게 대답하며 무거운 배낭을 내려놓았습니다.
네 마리 들쥐는 점심을 먹고 따뜻한 가을 햇살을 즐겼습니다.

하지만 곧 다시 길을 떠나야 했습니다.

쉬지 않고 오후 내내 걸었습니다. 길은 갈수록 더욱 가팔라졌고 뒤를
돌아보면 들판과 숲, 찔레꽃울타리 마을이 까마득히 내려다보였습니다.

저녁이 되자 점점 어둡고 추워지면서 산은 온통 안개에 둘러싸였습니다.
마침내 오래된 소나무 아래 바위틈으로 가느다랗게 새어 나오는 불빛을
찾았습니다.
"드디어 다 왔다. 머위야, 네가 문을 두드리렴."
사과 할아버지가 머위를 돌아보며 말했습니다.
나이 많은 산쥐 할머니가 문을 열었습니다. 할머니는 사과 할아버지를
보고 무척 반가워했습니다.
"맙소사! 이 높은 곳까지 오시다니. 다리도 편치 않으면서 말이에요."
"담요도 없이 추운 겨울을 지내시게 할 수는 없지요."
찔레꽃울타리 마을에서 온 들쥐들은 오두막집으로 들어가 난롯가에
둘러앉아 따끈한 쑥국을 먹으며 피로를 풀었습니다. 머위는 졸음이
쏟아져서 어른들의 이야기가 들리지 않았습니다.
머위가 깊이 잠들자, 누군가 가만히 안아 올려 방 한쪽 구석의 폭신한
고사리 침대에 눕혔습니다.
다음 날 아침 머위는 맛있는 냄새에 잠에서 깨어났습니다.

머위는 귀리빵에 산딸기잼을 발라 맛있게 먹으면서 산쥐 가족이
높은 산에서 살아가는 이야기에 귀를 쫑긋
기울였습니다. 마침내 사과 할아버지가
돌아가야겠다고 하자, 머위는 실망한
표정으로 말했습니다.

"이 근처를 좀 살펴보고 가면 안 될까요?"

머위의 말에 은방울 아주머니가 편을 들어주었습니다.

"저희는 일이 많아서 곧 돌아가야 하지만 사과 할아버지는 머위와 좀
더 있다가 천천히 오세요."

"글쎄요……. 저 험한 바위 뒤편에 좋은 노간주나무가 많이 자란다는
이야기를 듣기는 했는데……."

사과 할아버지의 말씀에 머위가 좋아서 소리쳤습니다.

"그렇게 해요! 사과 할머니께서 노간주나무 열매를 좋아하시니까 좀
따다 드리기로 해요!"

산쥐 가족에게 인사를 하고 사과 할아버지와 머위는 바위 사이로 난
길을 오르기 시작했습니다. 머위가 앞장서서 뛰어가더니 먼저 바위에
오르기 시작했습니다. 할아버지가 쫓아왔을 때 머위는 벌써 가파른
바위를 아슬아슬하게 기어오르고 있었습니다.

"머위야, 당장 내려오너라!"

"잠깐만요. 여기 뭔가 있어요!"

머위가 좁은 바위를 딛고 기어올라 바위틈을 열심히 파더니 무언가를
자루에 담았습니다.

"보세요. 금이에요!"

"바보 같은 소리. 금은 무슨 금이냐. 당장 내려오너라."

아래를 내려다보자 머위는 겁이 났습니다.

"무, 무서워요. 못 내려가겠어요."

"그럼 꼼짝 말고 있거라!"

할아버지는 바위 틈새를 찾아 조심조심 바위를 기어올라 갔습니다.

바위 위는 발 하나 디디기에도 아주 좁았습니다.

"자, 바위에 등을 꼭 붙이고 한 발자국씩 옆으로 옮겨 보렴. 이렇게
가다 보면 길이 나오겠지. 올라왔던 길로 다시 내려가기는 힘들겠구나."

할아버지와 머위는 조심스럽게 좁은 바위 틈새를 밟으며 움직였습니다.
가다 보니 산골짜기에서 짙은 안개가 피어오르기 시작했습니다.
"밧줄이 있으면 좋을 텐데……. 안개 속에서는 서로 잃어버리지 않게
밧줄로 묶어야 하거든."
할아버지의 말이 채 끝나기도 전에 머위는 배낭에서 밧줄을 꺼냈습니다.
할아버지는 머위의 허리에 밧줄을 꼭 묶은 다음 자기 허리에도 돌려
묶었습니다.

할아버지와 머위는 금방 짙은 안개에 둘러싸였습니다.
"머위야, 돌아서서 바위에 꼭 붙어라. 그리고 한 발자국씩 천천히
움직여 보자."

할아버지와 머위는 한참을 그렇게 가다가 축축하게 젖은 바위에 앉아
쉬었습니다. 바람에 밀려가는 안개 사이로 처음 보는 깊은 골짜기가
나타났습니다.
사과 할아버지는 걱정이 되었습니다. 여기가 어디인지 알 수가
없었습니다. 아무래도 산에서 하룻밤을 지내야 할 것 같았습니다.
산속의 밤은 춥고 깜깜했고 먹을 것이라고는 산쥐 가족이 싸 준
주먹밥밖에 없었습니다. 사과 할아버지는 머위에게 사정을 설명해
주었습니다. 할아버지의 이야기를 듣고 머위는 풀이 죽었습니다.

"제가 괜히 고집을 부렸나 봐요. 길을 잃어버리게 될 줄은 몰랐어요.
그냥 천남성 왕자처럼 금을 찾고 싶었을 뿐인데……."
"괜찮다. 어디 잘 만한 데가 있나 찾아보자."
할아버지가 말했습니다.

조금 더 가다 보니, 발을 디딜 수 있는 바위 폭이 약간 넓어졌습니다.
머위는 튀어나온 큰 바위 아래 굴이 깊게 뚫려 있는 것을 발견했습니다.

"보세요. 쉴 곳을 찾았어요!"
머위가 동굴 안으로 배낭을 던지며 소리쳤습니다.
사과 할아버지는 동굴 입구의 축축한 이끼 위에 조심스레 앉았습니다.
안개 때문에 옷, 수염, 손수건 등 모든 것이 젖어 있었습니다.
"담뱃대가 있다면 모닥불을 피울 수 있을 텐데……. 할 수 없지.
둘이 꼭 붙어 앉아서 몸을 녹여 보자."
할아버지가 한숨을 쉬었습니다.
이때 머위가 배낭에서 성냥갑을 꺼내 놓았습니다.
"동굴 안에 마른 나무가 있나 찾아볼게요."
할아버지는 머위가 무척 대견스러웠습니다.
"우리 머위가 진짜 멋진 탐험가로구나."

얼마 되지 않아 동굴 밖에서 상쾌한 바람이 불어 들어왔습니다.
머위는 배낭에서 담요를 꺼내 할아버지와 함께 덮었습니다.
젖은 옷은 벗어서 모닥불 앞에 펴 놓고 말렸습니다. 작은 주전자에는
머위가 물통에 담아 온 물이 끓고 있었습니다.
머위는 자랑스럽게 배낭에서 과자와 땅콩을 꺼내 놓았습니다.
할아버지가 바위에 편안히 등을 기대며 말했습니다.
"머위야, 이렇게 맛있게 먹어 보기는 처음이구나."
할아버지는 머위에게 어린 시절의 모험담을 들려주었습니다.
할아버지와 머위가 도란도란 이야기하는 동안 안개는 서서히 걷히고
별이 총총한 밤하늘이 펼쳐졌습니다.
산속의 밤은 고요했습니다. 달빛을 받아 은색 리본처럼 반짝이며
흘러가는 깊은 산골짜기 물소리만 희미하게 들렸습니다. 모닥불에 몸을
녹인 사과 할아버지와 머위는 나른해져서 곧 잠이 들었습니다.

다음 날 아침 사과 할아버지와 머위는 동굴 안으로 쏟아져 들어오는
눈부신 햇살에 잠이 깨었습니다.
"날씨가 아주 좋아요! 산 아래로 내려가는 길도 잘 보여요."
머위가 바위 끝에서 내려다보며 말했습니다.

할아버지는 앉아서 다리를 펴 보았습니다. 아직도 쑤시고 아팠습니다.
"아주 천천히 내려가야 할 것 같다, 머위야."
"다리 아프세요? 제가 약을 발라 드릴게요."
머위는 배낭에서 약통을 꺼내 박하연고를 발라 드렸습니다.
머위와 할아버지는 배낭을 챙긴 후 산길을 내려가기 시작했습니다.
할아버지는 참고 걸으려 했지만 다리가 점점 더 아파왔습니다.
간신히 개울가까지 온 할아버지는 바위에 주저앉았습니다.

"휴, 더 이상은 못 걷겠다. 어떻게 하지?"

할아버지와 머위는 아무 말도 하지 않고 세차게 흘러가는 개울만
바라보았습니다.

"염려 마세요, 할아버지. 무슨 수가 있을 거예요."

머위는 일부러 밝은 목소리로 말했습니다.

"아! 뗏목을 타고 개울을 따라 내려가면 돼요!"

갑자기 좋은 생각이 난 듯 머위가 팔짝팔짝 뛰며 말했습니다.

머위는 재빨리 배낭에서 얼음 깨는 도끼를 꺼내더니 개울가로 뛰어
갔습니다. 그리고 개울가 여기저기에 걸려 있는 굵은 나뭇가지를
끌어올렸습니다. 나뭇가지들을 밧줄로 엮으니 멋진 뗏목이 되었습니다.

"자, 타세요, 할아버지. 물살을 따라 내려가는 거예요."

"괜찮을까? 어디로 떠내려갈지 모르잖니?"

"걱정 마세요. 다 잘 될 거예요."

할아버지와 머위는 뗏목에 올랐습니다. 할아버지가 뗏목을 밀어 내자 떠내려가기 시작했습니다.

뗏목은 마치 나뭇잎처럼 이리 돌고 저리 흔들리며 빠른 물살에 휩쓸려 내려갔습니다. 돌부리를 넘어서 개울가에 쿵쾅쿵쾅 부딪히기도 하며 아슬아슬하게 흘러 내려갔습니다.

"내 모자! 모자가 물에 빠졌어요!"

머위가 소리쳤습니다.

"그런 걱정할 때가 아니야! 뗏목을 꼭 잡아라! 앞에 있는 바위에 부딪히겠어!"

머위는 두 손으로 뗏목 가장자리를 꼭 붙잡았습니다.

다행히 뗏목은 바위를 피해서 거센 물살에도 뒤집히지 않고 떠내려갔습니다.

그때 찔레꽃울타리 마을에서는 바위솔 아저씨와 마을 쥐들이
사과 할아버지와 머위를 찾아 나섰습니다. 배를 타고 시냇물을 거슬러
노란 미나리아재비꽃 들판으로 가고 있을 때, 빨간 모자가 물에 떠내려
오는 것이 보였습니다.

"저것 좀 보세요!"

모두 바위솔 아저씨가 가리키는 곳을 보았습니다.

"아니! 저건 우리 머위 모자예요! 무슨 일이 생긴 게 아닐까요?"

머위 엄마가 놀라서 소리쳤습니다.

"머위가 수영할 줄 아나요?"

사과 할머니가 걱정스레 물었습니다.

한편 사과 할아버지와 머위는 편안히 뗏목에 누워 포근한 가을 햇살을
즐기고 있었습니다. 울퉁불퉁 튀어나온 돌들이 없어지고 물살은 아주
잔잔했습니다. 할아버지와 머위는 한가로이 풍경을 둘러보았습니다.

"머위야, 저 앞에 버드나무 보이지? 틀림없이 우리 마을이야."

"네, 맞아요! 버드나무 뒤로 떡갈나무 성도 보이고 자작나무도 보여요!
우리 마을 개울이에요."

뗏목이 굽이를 돌자 찔레꽃울타리 마을 쥐들이 바위솔 아저씨의 배에서
내리는 것이 보였습니다. 그때 사과 할머니가 사과 할아버지와 머위를
발견했습니다.

"저기 보세요! 저기 있어요!"

찔레꽃울타리 마을 쥐들은 정말 믿을 수 없었습니다.

"밧줄을 던질 테니 어서 잡으세요! 우리가 끌어당길게요!"

사과 할아버지와 머위가 뗏목에서 내리자 모두 얼싸안고 기뻐했습니다.

"머위야, 무사했구나."

"아니, 여보! 어쩌다 다리가 이렇게 됐어요?"

머위 엄마는 눈물을 글썽거리고 사과 할머니는 울었습니다.

마타리 씨가 말했습니다.

"자, 여러분. 용감한 탐험가들을 집으로 데리고 가서 몸도 말리고 쉬게
해 줍시다. 얘기는 나중에 들읍시다."

찔레꽃울타리 마을 쥐들은 할아버지와 머위를 둘러싸고 자작나무 기둥에 있는 머위네 집으로 갔습니다. 모두 불 가에 둘러앉아 계피떡도 먹고 당귀차도 마셨습니다.

"이제 자세히 얘기 좀 해 보렴."

돌쩌귀 아저씨가 재촉했습니다.

"전부 제 잘못이었어요. 제가 금을 찾으려고 바위에 올라갔다가 내려오지 못해서 할아버지가 저를 구해 주려고 올라오셨어요. 그러고는 그만 길을 잃었어요. 할아버지가 다리가 아파 못 걸으시게 되어서 뗏목을 만들어 타고 개울을 따라 내려온 거예요."

"그래, 금은 찾았니?"

앵초가 눈을 반짝이며 물었습니다.

"아니, 쓸모없는 흙만 한 줌 가져왔어."

머위가 주머니에서 자루를 꺼내 보이자, 돌쩌귀 아저씨와 은방울 아주머니는 깜짝 놀랐습니다.

"머위야! 이건 흙이 아니라 노란 물감을 만드는 이끼야. 아주 귀한 거란다. 정말 똑똑하구나. 도대체 어디서 찾았니?"

앵초가 얼른 종이를 갖고 오자 머위는 이끼가 있는 곳을 그렸습니다.

"다음에 갈 때도 널 꼭 데리고 가마."

은방울 아주머니가 머위에게 약속했습니다.

사과 할아버지는 몹시 피곤해져서 곧 사과 할머니와 함께 돌능금나무
집으로 돌아갔고, 다른 쥐들도 하나 둘씩 돌아가기 시작했습니다.
이제 우리의 용감한 탐험가도 잠자리에 들 시간입니다.
머위는 엄마와 함께 이 층으로 올라갔습니다.
"대단한 모험을 했구나."
엄마는 머위의 얼굴과 손을 닦고 더러워진 옷을 갈아입혔습니다.

잠자리에 눕자 머위는 별이 총총한 하늘 아래서 자던 산속의 밤이
떠올랐습니다. 그러고는 포근한 이불 속에서 곧 잠이 들었습니다.

THE

THE

...HEST nut WOOD

The hornbeam

Crab apple
Cottage

THE   F

Blackberry Point

Rabbit holes.

Brambly
Hedge